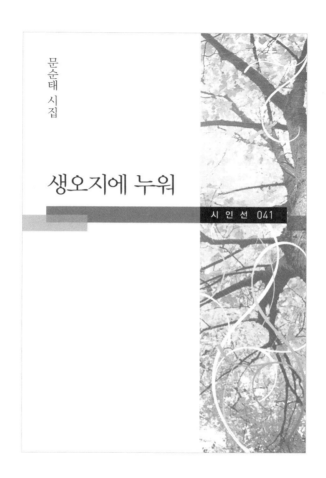

문순태 시집

생오지에 누워

시 인 선 041

책만드는집

소설이 시가 되어 하는 말

나에게 소설이 논밭이라면 시는 꽃밭이다. 그동안 내 깜냥에는 고향의 산자락 묵정밭을 열심히 일구어 소설 농사를 지어왔으나, 나이가 들수록 시심이 강파른 내 가슴을 몸살 나도록 쥐어뜯고 흔들어댔다. 내가 일찍이 시로 시작했다가 소설로 바꾼 이유는 울퉁불퉁한 세상을 고르고 보기 좋게 쟁기질하고 싶어서였다. 그때는 세상을 향해 악다구니 쓰기에 시는 너무 약할 것만 같았다. 시가 소설보다 강하다는 것을 깨달은 것은 한참 후였다. 소설이 땅을 파는 호미라면 시는 퍼렇게 날이 선 무쇠 낫이라는 것을.

어머니가 세상을 뜨시고 내가 적멸보궁 같은 소리 풍경sound scape 세상인 생오지에 들어와 살면서부터, 소설 대신 자꾸 시가 나오려고 꿈틀거리며 나를 보챘다. 반세기 만에 고향에 돌아와 흙을 밟고 사니, 새로운 감흥으로 핏줄이 일어서고 심장이 벌떡인 것이리라. 다 늙어서야

논밭에 곡식 대신 꽃씨를 뿌리고 싶은 것은 치기일까 노욕일까.

나를 문학의 길로 들어서게 해주신 김현승 선생님 세상 뜨시기 직전에 찾아뵙고 소설을 쓰겠다고 했더니, "시처럼 소설을 쓰게"라고 하셨다. 그 말씀을 깨달은 것도 작가가 되고 한참 후였다. 지금 선생님이 살아 계신다면 퉁맞을 각오로 "시를 소설처럼 쓰고 싶어요"라고 말씀드리고 싶다.

오랫동안 컴퓨터 속에 죽은 듯 잠자고 있는 씨앗들을 수없이 되작거리다가, 용기를 내어 햇볕에 꺼내놓고 보니 부끄러움으로 얼굴이 후끈 달아오른다.

2013년 11월
문순태

| 차례 |

1부 어머니의 향기

2부

생오지에서

3부 무등을 보며

4부 그리움은 뒤에 있다

5부 길을 걸으며

1부
어머니의 향기

어머니의 개떡

내 유년의 초록빛 하늘에
개떡 하나 둥둥 떠 있다
배고파 눈 질끈 감으면
개떡 같은 보름달이
눈꺼풀에 무겁게 내려앉았다
내 희망은 개떡이었다
어머니
어릴 적에 맛나게 먹었던
보름달 개떡
어디에 숨겼어요
쫄깃쫄깃 들큼한 희망의 맛
저승길 떠나기 전에
돌려주고 가세요

똥 꿈

꿈속에서 어머니 찾으러
고향 고샅길 헤매다가
질커덕 황금 똥을 밟았습니다
아뿔싸, 지독한 구린내가
쓰디쓴 이승의 삶을 친친 휘감았습니다
허리 구부려 구두 벗어보니
똥이 아니라 토마토였습니다
시뻘건 과육이 살코기처럼 으깨져
허기진 식욕을 간질였습니다
한참을 바람에 날리며 걷다 보니
구두 밑창에 엉켜 붙은 토마토는
한 떨기 노란 장미꽃으로 피어나
가시 돋친 향기를 톡톡 뿜어냈습니다
꽃잎은 다시 나비가 되어
창공으로 높이 날아올랐습니다
그날 밤 계속된 꿈속에서 나는
똥과 토마토와 장미꽃과 나비와

14

함께 강물이 되어 흘렀습니다
먼 길 떠난 어머니 만나기 위해

엄니를 기다리며

외짝 사립문 훨쩍 열어놓고
눈 빠지게 엄니 기다린다
게으른 봄날의 해는
오동나무 우듬지에 설핏하게 꽂혔는데
달님 앞세우고 싸목싸목 오시려나
젖 떨어진 아이처럼 배가 고파
눈도 뜰 수 없는데
산나물 캐러 간 엄니는
왜 여태 안 오시나
찔구 꺾다가 가시에 찔리셨나
송키 자르다가 무서운 산감한테 붙잡히셨나
실가리 보리죽 한 사발 마시고
아침 일찍 까끔에 오른 엄니
허기져서 고사리처럼
산자락에서 자울자울 졸고 계시나
기다리는 엄니는 안 오시고
복사꽃 잎만 돌담 위로
서럽게 흩날려 오네

어머니의 향기

어머니를 생각하면
청국장 냄새가 난다
그것은
아흔일곱 해 동안
깊은 항아리 속 같은
세월의 밑바닥에 가라앉은
쓰디쓴 삶의 발효
사무치게 보고 싶은 오늘
그 향기 더욱 푸르고
빛이 바랠수록 그립다

쑥부쟁이

시퍼렇게 칼날 세우고 겨울바람 불던 날
산에 오르다 한 떨기 쑥부쟁이꽃을 만났다
소나무 오솔길 한갓진 곳에 외따로이 핀
연보랏빛 꽃송이가 눈부시게 반짝거렸다
찬 서리 맞고도 오히려 당당한 자태가
내 어릴 적 어머니처럼 싱그럽다
왜 그동안 한 번도 눈에 띄지 않았을까
나는 꽃잎 앞에 기도하듯 쪼그리고 앉아
어머니 소식을 애타게 물어보았다
꽃잎은 어머니 손처럼 따스했다
찬 바람에 두들겨 맞고 돌아온 나는
기침이 도져 이불 덮고 오한에 떨었다
내 머릿속에는 쑥부쟁이꽃이 가득 피었다
꽃잎 너머로 한겨울 길바닥에 떨고 앉아
홍시 팔던 어머니가 선명하게 보였다
기침이 멎어 다시 산에 올랐으나
쑥부쟁이꽃은 눈에 파묻혀 보이지 않았다

나는 한동안 어머니 생각의 덫에 치여 지냈다
어머니 사랑은 겨울에 핀 쑥부쟁이꽃
꽃이 피는 내년 가을까지 기다리는 동안
나는 또 얼마나 더 오한에 떨어야 하는가

모자의 마지막 대화

나 죽고 자픈께 인자 밥 안 묵을란다
어머니, 이렇게 추울 때 가시면 안 돼요
꽁꽁 얼어붙은 땅 어치게 파고 묻게요
따뜻한 봄날 가셔야지요
그려? 허면 내년 봄꺼정만 살고 가끄나
폭설이 술술 내리던 날, 삼 년째 병원에 누워 계시는
어머니와 아들의 대화는 진담 반 농담 반이다
자식을 사랑하는 어머니나
어머니를 생각하는 자식의 마음은
시작과 끝이 다르지 않다
중환자실 창밖에는 사흘째 눈이 내려
늙고 젊음 없이, 세상을 순결하게 평정平靜했다
지난여름까지만 해도 태풍 올 때마다
벼꽃 다 떨어지겠다면서 애태우시던 어머니
번다한 세상일 다 잊으신 듯
조용히 눈 감고 누워만 계신다
나는 병원을 나와 눈길을 걸으며

진달래 피고 꾀꼬리 울 때까지만이라도
어머니가 아들의 마지막 희망을
놓아버리지 않기를 빌었다

삶의 더께

태풍 몰아치고
창문이 떨어져 나갔어도
어머니 냄새는 사라지지 않았다
방을 쓸고 닦고
허브 향초 불 밝히고
비싼 향수 칙칙 뿌려댔지만
어머니 냄새는 더욱 강하게
핏줄 속으로 찐득하게 파고들었다
어머니 냄새는 이제
벽과 천장, 방바닥과 거실 소파
장롱이며 괘종시계, 컴퓨터에까지
끈끈하게 달라붙어
떨어지지 않는다
이 불효막심헌 범파니 같은 놈
그거는 이 에미가
늬놈 키우느라고 고단하게 살아온
쓰디쓴 세월의 냄새인 겨

꿈속에서 어머니의 일갈에
나는 번쩍 잠에서 깨어났다
아, 그렇구나
그것은 어머니의 삶의 더께
8월의 찔레꽃 향기
마지막 내뿜는 거친 숨소리

올 농사 어쩌끄나

오메 어쩌끄나, 나락 다 씨러지겄다
비바람 몰아치던 날 아침
출근길 걱정하고 있는데
어머니는 또 농사 망칠까 애태우신다
내가 고향 다녀올 때마다
나락은 잘 여물었더냐
친척들 안부보다는
농사일부터 물으시는 당신
고향 떠나온 지 오십 년이 넘었는데도
어머니는 아직 농사꾼으로 사신다
아흔의 등 구부러진 나이에도
노인정 앞 코딱지만 한 땅 일구고
가지 고추 상추 심어 가꾸며
인생의 마지막 행복으로 사신다
지난봄 내 생일 선물로 받은
배롱나무 분재 뽑아버리고
고추 모종 심어놓은 어머니

어느새 화분에 고추가 빨갛게 익어
배롱꽃보다 더 아름답구나

된장

깊은 밤 꿈속에서도
어머니의 쿰쿰한 향기에
벌떡 일어나 눈을 뜬다
땀에 전 서러운 나날
내가 참고 이길 수 있었던 것은
어머니의 된장 덕분이었다
그 시절 어머니에게도
콩꽃 같은 젊음이 있었다
뚝배기를 닮은 가난
보글보글 끓어오를수록
깊은 사랑 더욱 뜨겁게 우러났다
시렁에 매달린 메주에서
푸른 곰팡이꽃 피던 날
어머니는 나를 낳으시고
사흘 만에 베틀 위에 올라앉아
아버지 기다리며 수심가를 부르셨단다
짠맛, 매운맛, 단맛, 쓴맛, 신맛

함께 삭히고 우려내는
된장 맛 나는 사람이 되거라
어머니의 말씀 들으며
된장 먹고 살아온
내 뼛속에는
어느새 허리 굽은 어머니가
외롭게 숨 쉬고 있다
지금도 나는
눈 내리는 겨울 저녁
지친 몸으로 집에 돌아올 때면
얼어붙은 사랑 녹여줄
어머니의 따끈한 된장찌개가 그립다

백양사 가는 길

아들 하나 점지받으려고
발바닥 물커지도록
백일불공 드리러 다니셨다는 울 엄니
그 길로 술 취한 내가 자가용 타고
룰루랄라 단풍 구경 간다
어느새 단풍은 다 지고
울 엄니 호미질하듯 바람만 요란하다
새벽부터 먼 길 헤쳐 오시느라
얼마나 다리 아프셨을까
늙은 굴참나무 아래 앉아
삶은 감자 한 알로 배고픔 달래셨다는
그 자리에
개옻나무 한 그루
새색시 적 울 엄니처럼
수줍음으로 붉게 타오르는구나
비자나무 숲길 위
하늘로 날아오르듯

흰 날개 퍼덕이는 백학봉

저 날개 타고 하늘에 닿으면

울 엄니가 기다리는 미륵님 만날 수 있을까

부처님께서 너를 데려다 췄응께

연꽃맹키로 이삐고 훤허게 살아사 쓴다

당부하시던 울 엄니

늙은 아들 위해

저승으로 불공드리러

먼 길 떠나셨다

세상에서 제일 힘든 일

세상에서 질로 질로 힘든 일이 뭐신 줄 아냐?
오뉴월 뙤약볕에서 콩밭 매는 거란다
시 쓰기 힘들어 머리 빡빡 쥐어뜯는 나를
꾸짖는 어머니 말씀
에어콘 틀어놓고 푹신헌 회전의자에 앙거서
손구락 꼼지락거리는 것이 뭣이 힘들다고 지랄 엄살이냐
짱짱헌 불볕으로 푹푹 찌는 콩밭에서
한 시간만 쪼그리고 앙거 있어봐라
염통꺼정 땀에 젖고 어질어질해짐시로 숨이 맥혀야
이럴 때, 콩잎 사이로 조각바람 살랑 불어오면
워매 존 거, 애기 배겄네, 소리 절로 나온단다
콩잎 흔드는 바람 한 조각이 얼매나 좋았으면
애기 밴다는 소리가 나오겄냐
어머니 말씀에
나는 마당으로 뛰쳐나가
머리에 햇볕 뜨겁게 이고
콩밭 매듯 쪼그리고 앉았다

머릿속에서 꼼지락거리던 시는 안 나오고
땀방울 같은 콩꽃만 하얗게 피었다

밥 타령

밥은 어머니의 흰빛 희망이다
세상이 노래지도록 늘 배가 고팠던 시절
흰쌀밥 배 터지게 한번 먹어보고 죽는 것이
소원이었다는 어머니에게 밥은
꺼지지 않는 불꽃 서러운 꿈이었다
밥이 쓰레기통에 버려지는 세상에도
쌀독 가득 채워놓고
새벽잠 깨우며 밥밥밥……
참새처럼 밥 타령이다
낯선 사람을 만나도
밥 먹었느냐 인사하는 어머니
밥은 천심天心이라며
언제나 밥이 넉넉하게 남아 있어야
찔레꽃 같은 얼굴에 행복이 배시시 피어난다
타오르는 일몰 앞세우고 노인정에서 오자마자
전기밥솥부터 열어보고 밥이 없으면
고갈된 우물 같은 눈으로 주저앉아

마음이 메마른 흙처럼 바스라지고
허기져서 힘이 빠진다
걸신들린 듯한 어머니의 식탐은
욕망이 아닌 순결한 생명의 몸짓
굶주렸던 이 땅의 황톳빛 소망
아직 붉은 해가 유리창에 대롱거리는데
어서 저녁밥 안치라며
아픈 며느리 소 몰듯 닦달한다
아, 거친 어머니 숨소리
밥 뜸 들이는 고소한 소리
비릿하고 황홀한 유년의 냄새여

느티나무

동구 밖에
꽃밭 딛고 서서
아들 기다리는 어머니
때로는 죽은 의병이거나
죽창 든 할아버지의 모습
그 넉넉한 가슴으로
보이지 않는 것들까지
가지마다 끌어안고
꿋꿋이 살아간다
닿을 수 없는 과거의 시간
기억의 밑바닥에 뿌리내리고
우듬지 높이만큼 세상 아우르며
떠나는 자보다 돌아오는 자 위해
펄럭이는 고향의 푸른 깃발

눈물

구리 비녀 꽂은 어머니
허위허위 구름 재 넘어오신다
지친 하루 흥건히 젖은 채 우산도 없이
통치마 말기끈 질끈 동여매고
겁쟁이 아들딸
황사 묻혀 온 봄비라고
아파트에만 박혀 있는데
늙은 어머니는 오늘도
맨발로 못자리판 고르다가
뼛속까지 흠뻑 눈물에 젖었다

장모님의 호미

지난여름 처가에 갔을 때
장모님은 샘물 퍼 올리고
햇살 끌어당겨
녹슨 호미 칼칼이 씻고 계셨다
꾸끔시럽게 웬 호멩이다요
꼬부랑 울 엄니 콩밭 매로 가실랑갑네
내 딸아, 농사짓는 연장에 쇠꽃 피면
집안 망헌단 말 못 들었냐?
장모님은 호미 날 번쩍번쩍 세우고
오 남매 키우던 그 시절 그리워하며
녹슨 외로움 벗겨내고 계셨다

추석에 다시 갔을 때
철 지난 쥐색 스웨터 걸친 장모님
장롱 속 치마저고리 모두 꺼내
만장처럼 횃대에 걸어두고 계셨다
오메 오메, 새 옷 그대로네

누구 줄라고 안 입고 애꼈는가
평생 알탕갈탕 느그덜 키움시로
새 옷 입을 날이 몇 날이나 있었간듸야
그새 장모님 눈빛이 보랏빛으로 젖었다

설날 세배하고 돌아올 때
동구 밖까지 따라 나오시더니
내 딸 얼굴 한 번 더 보자시며
자동차 문 열고 얼굴 쓰다듬고 또 쓰다듬고
구부정한 노을 속으로 돌아선 장모님
평생을 날 선 호미처럼 살아오시다가
마지막에 딸 얼굴 하나 눈에 가득 담고
다시 못 올 먼 길 떠나셨다

먼 길 떠난 장모님

오일팔 때 총소리 어둠 흔들자
식탁 밑으로 기어 들어가시던
겁 많은 우리 장모님
젊어서 홀로되시어
밤도둑이 무섭다면서
문고리에 숟가락 거꾸로 꽂고서야
편히 주무셨다는 장모님
머나먼 저승길 무서워서
어찌 홀로 가셨을까
되짚어 오실 것처럼
방문 훨쩍 열어놓은 채

운산 이모

욕심과 시샘 너무 많아
먹서리라는 별명 붙여진 늙은 이모
구름 산보다 깊은 첩첩산중
대숲 속에 굴뚝새처럼 홀로 산다
강물에 띄워 보낸 남편
꿈속에서 만나며
똥개 워리 데리고 낡은 집 지키고 있다
관절염으로 오른발 절뚝거리며
구름 재 넘어 먼 길 떠나듯
온종일 텃밭 서성대는 운산 이모
복사꽃 필 무렵 안부 전화 했더니
아들딸들이 사다 준 고기 못다 먹고
냉장고에서 다 썩는다면서
소쩍새 소리 들으러 오라고 성화다
절뚝거리며 가꾼
가지, 고추, 애호박, 오이, 도라지, 깻잎
녹슨 고물 냉장고 가득 채워두고
고기 먹으러 오라고 한다

할머니

비데 달린 좌변기에 앉을 때마다
할머니 생각이 난다
내가 아장아장 걷기 시작해서
응가 하고 싶다고 하면
할머니는 똥개 워리부터 부르셨다
워리가 똥고를 싹싹 핥고 난 뒤
내 가랑이 사이에 얼굴 처박고 킁킁거리면서
잘 익은 살구 냄새가 난다던 할머니
밥은 넘 집에서 묵어도
똥은 꼭 집에 와서 싸사 쓴다
사람은 똥을 묵어야 사는 겨
할머니한테 똥은 밥이고 꽃이었다
워리는 내 똥을 먹고 살이 쪘다
혼자서도 똥통에 앉아 뒤를 보게 되었을 때
늙은 워리는 복날 저녁 우리 집 밥이었다
나는 내 똥을 먹고 자란 워리를 먹었다
똥은 복사꽃 필 때 퍼야 한다던 할머니는

복사꽃이 후루루 흩날리던 날
한 움큼 배내똥을 싸고 눈을 감으셨다
지금도 복사꽃 필 무렵이면
세상이 온통 황톳빛 똥으로만 보인다
복사나무에 똥꽃이 흰쌀밥처럼 피어 있다

2부
생오지에서

산에서 길을 잃다

흐린 날 홀로 산에 오르다
구름에 발목 감겨
길을 잃었다
미혹의 시간
숲 속을 헤매다가
춤추는 신선나비 따라
산을 내려왔다
숲길, 고갯길, 비탈길, 오솔길
모든 산길은 떠나기 위한
출구가 아니라
생오지로 돌아오는 회로였다

생오지에 누워

이 서슬 퍼런 고요
여기가 적멸궁寂滅宮인가
나는 숲 속에 누워
떡갈나무 잎 타고
하늘로 가볍게 날아올랐다

허공에서 낮잠에 빠져
무지개 궁륭穹窿 속 맴돌며
일곱 빛깔 꿈꾸다가
한 줄기 바람 되어
숲 속에 사뿐히 내려와
늙은 소나무와 동침했다

나 생오지에 있다

누가 나 찾거든
생오지에 있다고 전해라
무등산 뒷자락 오금탱이
버스도 오지 않는 후미진 골짜기
질경이 뿌리처럼 납작하게
엎드려 깔딱거리고 있다고 전해라
질투와 욕심으로 부푼 헛배
새벽 공기로 채우며
박새와 벗이 되었다고 전해라

누가 나 기다리거든
다시 돌아갈 수 없다고 전해라
머리를 하얗게 비우고 나니
동서남북조차 분간 못 하고
길도 찾을 수 없어
그냥 부엉이처럼 부엉부엉 산다고 전해라
허명으로 얼룩진 내 이름
잊어달라고 전해라

생오지에 와서

오랜 세월 먼 길 돌고 돌아
헐벗은 마음 여미고 나 여기 왔다
몇 해 만인가
이제야 귀천의 길 찾았구나
무등산 새끼발가락 언저리
깊고 푸른 품에 꼭 안겼으니
고단한 내 영혼 쉴 만한 곳 아닌가
나무들과 함께 깨어나고
풀잎 속에 은둔하듯 누워서
바람 부는 대로 흔들리다가
흔들리다가 잠들고 싶은 곳
이제 강물 타오를 때까지
유년의 나를 기다리겠네

뒷산에 오르며

이순의 강 건너
타는 노을 업고
산길 오른다
부끄러운 행적
꾹꾹 눌러 밟으며
돌아올 수 없는
먼 길 떠나듯
숨 가쁘게
산을 오른다
가야 할 길보다
걸어온 길이 더욱
서러운 나날
지금 나는 산을
오르는 것이 아니라
이승의 마지막 길
내려가고 있구나

배아랫재에 올라

이 고개 넘으면
길이 보일까
고갯마루에 오르니
하늘은 더욱 멀어지고
또 다른 산이 앞을 막는다
길의 시작은
눈으로 찾는 것이 아니고
두 손 모으고
가야 할 곳 정했을 때
비로소 열리는 마음의 문

매봉

나무꾼 옛길 더듬으며
홀로 매봉에 올라
매의 눈으로
세상을 내려다보니
사람은 오간 데 없고
더럽힌 발자국들만
배배 꼬여 있구나

깃대봉에서

구름 한 조각 떼어
소나무 가지에 묶어놓으면
내 마음 푸르게
펄럭일 수 있을까

흐르는 것은
깃발이 될 수 없는 것
깃대는 마음에 꽂아야
바람 불지 않아도
나부낄 수가 있는 것

풀을 뽑으며

풀을 뽑는다
키가 큰 풀은 쑥쑥 잘 뽑히고
앙당그러진 풀은 죽어라 뽑히지 않는다
풀을 뽑다가 풀처럼 살아온 등 굽은 할머니에게
풀이름을 물어본다
땅에 납작허게 눌러붙은 거는 바래기고
까시 붙어갖고 칭칭 감는 거는 며느리밑씻개여
풀도 저저끔 살라고 발버둥 친 겨
사람 사는 거랑 똑같여
나는 다섯 손가락으로 바래기 밑둥을 움켜잡고
힘을 써보지만 끝내 뽑히지 않는다
아, 이것은 풀의 몸부림이 아니고
땅의 저항이구나
보랏빛 코딱지풀꽃이 보일락 말락 몸을 움츠리자
차마 뽑지 못하고 한참을 바라만 본다
내가 왜 풀을 뽑지?
나는 몇 번이나 뽑혀 여기까지 왔지?
누가 나를 뽑아 여기에 버렸지?

김천석 씨

金千石
천석꾼 부자 되라고
할아버지가 지어준 이름인데
땅 한 뙈기도 없다
평생 흙 파서 자식들 빈 배 채워주고 나니
허물 같은 껍데기만 오롯이 남았구나
늙어서 돈이 많아도 걱정이어라우
가진 것 없으니 욕심도 안 생겨 맘 편허당께요
누에를 기르면서 해맑은 누에를 닮아가는 사람
누에가 푸른 뽕잎 먹고 명주실을 남기듯
참새같이 먹고 신선같이 살면서
나를 가르친다
오늘도 김천석 씨는 늙은 아내 손잡고
바람 부는 들길 따라 꽃구경 간다

대 바람 소리

눈을 감아도
파도치는 바다가 보인다
갈가마귀 떼
날아오르고
메마른 대지에
소나기 퍼붓는다
푸른 골짜기
여울물 흐르는 소리에
잠 못 이루는 이 밤
눈을 감아도 보이고
귀를 막아도 들리는
내 마음 흔들리는 소리
새벽 달빛 미끄러지는 소리

눈이 내리면

생오지에 눈이 내리면
산들이 어깨동무하고
하나가 된다
나무는 나무들끼리
풀은 풀들끼리
손잡고 옴죽옴죽 춤추며
마을로 내려온다

생오지에 눈이 내리면
논과 밭이 일제히 하품하며
두 발로 일어선다
흙은 흙끼리
돌은 돌끼리
팔을 벌리고
폴짝폴짝 깨어난다

불빛 하나

깜깜한 골짜기에
칼날 같은 불빛 하나
외롭게 떨고 있다
별이 아니라도 좋다
길이 아니라도 좋다
불빛 하나의 위안
불빛 하나의 희망
이제는 두려움 없이
먼 길 떠날 수 있겠지

바보 덕칠이

우리 동네 바보 덕칠이
쉰 살이 되도록 홀로 산다
바자울 타고 피어오른
진홍빛 장미꽃 무더기 앞에
두 손으로 턱 받치고 앉아
꽃봉오리 모양으로
빙긋이 하늘만 쳐다본다
무엇 하느냐고 물으면
색시 기다리고 있다는 덕칠이
장미꽃 지는 팔월 어느 날
낙화와 함께 몸져눕고 말았다
꽃잎 같은 눈물 뚝뚝 흘리며

죽은 노송

생오지 마을 오목가슴 언저리에
죽은 소나무 한 그루
오래전부터 녹슨 쇠스랑처럼 서 있다
오백 년을 촛불처럼 푸르게
푸르게 사느라 지쳤는가
곰팡이꽃 핀 몸으로 하늘 떠안은 채
바람 불어도 끄떡하지 않는구나
죽어서도 흔들리지 않는 나무
청청한 마음 곧기도 해라
갈색 잎 달빛에 흥건히 젖으니
비로소 황금빛으로 춤을 춘다
삼백 살 된 할아버지가
옴죽옴죽 춤춘다
아, 죽어 있는 것이 아니었구나
고목은 죽지 않는구나

새벽안개

검은 잡목 숲 속에
무리 지어 숨어 있다가
새벽이면 슬그머니
연둣빛 속치마 끌며
머리 풀고 달려온 그대
내 마음 느슨하게 휘감은
이 습윤濕潤한 느낌은
도대체 무엇인가
촉촉이 젖은 알몸으로
문밖을 서성이다가
서성이다가
흔적도 없이 사라졌구나
그대 떠난 후에도
시름이 자욱한 세상
오늘 하루만이라도
그대 안에 젖어들고 싶다

통화권 이탈

태풍이 생오지의 어둠 물어뜯던 다음 날
종일 전화벨 한 번도 울리지 않았다
휴대폰 폴더 열어봤더니
'통화권 이탈' 문자가 깜박거렸다
누구에게선가 꼭 전화 올 것만 같아
십 리를 걸어 골짜기 밖까지 나갔다가
어둠 등에 지고 오들오들 떨며 돌아왔다
아직 '통화권 이탈' 문자만 깜박거리고
며칠째 휴대폰은 울리지 않고 있다

3부
무등을 보며

무등을 보며

참 잘도 생겼다
젊었을 적 우리 엄니의
푸짐한 둔부처럼
포근하고 넉넉하고

눈부시게 반가워
엄니, 나 여기 있소
소리치며
무릎 꿇고 울고 싶다
넙죽 엎드려서
큰절이라도 해야
똑바로 바라볼 수 있을 것 같다

참 무심하게도 생겼다
욕심도 오기도 없이
두루뭉술한
야청빛 한의 덩어리

봄날 무등산

서석대 머리맡에 길게 누운 구름 한 조각
잠에서 깨어나 늘어지게 하품하며 기지개 켠다
규봉암 쪽에서 산까치 껄껄 웃고
장불재 억새밭에서 다람쥐가 손뼉 치자
소나무 가지 끝을 쪼아대던 햇살이
어느새 온 산에 철쭉으로 타오른다
핏빛 꽃으로 피어난 햇살은 다시
한낮에 횃불처럼 화르르 쏟아진다

무등산 가는 길

푸른 기억의 칼날 세우며
불면의 5월 밤 지새우던 날 아침
나 홀로 자동차 몰고
무등산으로 달려갔다
FM 라디오에서 흘러나온
임방울 쑥대머리 들으며
잣고개 너머 원효사 가는 길에는
새벽에 쏟았던 코피처럼
핏빛 철쭉이 바람 헤치며 흩날렸다
아무도 찾아오지 않는
다형茶兄 시비詩碑 앞 오래된 벤치에는
산벚나무 두어 잎 조용히 내려와
햇살과 함께 쓸쓸히 쉬고 있었다
선생님께 인사하고
이슬 깔고 앉은 나는
첫사랑 맛이라며
시인이 내게 처음 사주었던
칼피스 생각에 그만 목이 탔다

증심사 가는 길

동자승 홀로 산길을 가고 있다
쥐똥나무 가지 바람에 흔들리는
길섶 따라서
산보다 무거운 화두話頭 배낭 메고
두 손 모아 염주 들고
타박타박 먼 길 가고 있다
개망초 꽃잎에 올라탄
배추나비 한 마리 날아오르자
부처님, 하고 소리치며
메뚜기처럼 뛰다가
허방 짚고 넘어지는 동자승
가야 할 길은
아직 끝이 보이지 않는데
바람 데리고 해찰만 하고 있다

내게로 오는 산

산이 머뭇머뭇 다가오고 있다
푸른 속살로 나를 유혹하며
하룻밤 새 서너 뼘이나 더 가까이 왔다
세상이 나를 멀리할수록
산은 날마다 내게로 다가오고 있다
꼬부랑 어머니 같은 소나무 앞세우고
엉금엉금 소리도 없이 기어와
향긋한 속치마로 첩첩이 나를 감싼다

숲길

자작나무 가지 사이로
햇살이 미끄럼 타고 내려올 때
접신의 황홀경에 빠진 나
바람의 향기에 부딪혀
노란 별꽃에 넘어지고 말았다
나뭇가지 흔들며 다가오는
땅의 거친 숨소리 들으며
나는 승천하는 꿈을 꾸었다

토끼봉 숲 속에서

뿌리가 있는 것들은 서로 짓밟거나
할퀴고 떠밀어내는 일이 없다
등 기대고 휘감고 얽히고설키고 껴안으며
한평생 마주 보고 속삭이며 살아간다
단풍 든 산벚꽃나무 등에 아기처럼 업힌 층층나무
하늘 보고 푸른 꿈 꾸며 잠들어 있을 때
까까머리 동자승 같은 도토리
눈부신 가을 햇살 속에 또르르 구르며 재주넘고
다람쥐 한 마리 소나무 오르내리며 엿보고 있다
진양조 느린 가락으로 바람 솔솔 불어오면
햇살 걸어 나뭇가지 사이에 그물 치고
꽃잎 시든 고마리풀 머리 위로
개옻나무에 날아와 살 비벼대며 간질인다
나무와 풀들이 도반道伴처럼 어울려
묵상하고 수행하며 살아가는 숲 속의 세상

무등산 깽깽이꽃

너무도 애타게 보고 싶어
가슴 조이며 골짜기를 헤맸다
여기, 세간世間의 한 귀퉁이
후미진 산속에서
너를 처음 만났다
이름조차 앙증맞은 것이
보석보다 더 희귀한 것이
가녀린 목에 보주화관寶珠花冠까지 얹었구나
오, 관음보살이여

수줍음이 너무 커서
외따로이 가랑잎 덮고
긴 겨울 꿈을 꾸다가
여럿이 올망졸망 한데 모여
세상에서 가장 순결한 빛깔로
쭈뼛쭈뼛 얼굴 내밀었구나

꽃이 지고 나서 잎이 돋는 것은
너만의 시새움 때문인가
그리움 때문인가
꽃도 잎도 애잔해서
차마 손댈 수 없구나

그리운 코딱지꽃

봄바람 화르르 타오르고
햇살 납작하게 돌아눕는
개울가 밭둑에
코딱지꽃 피었다
코딱지야 코딱지야
오랜만에 고향에 와 너를 보니
젊었을 적 울 엄니 자줏빛 치맛자락이
그리움으로 눈앞을 가리는구나

외할머니 위독하시다는 전갈 받고
눈물 콧물 훌쩍이며 외가에 가던 날
울 엄니 자줏빛 치맛자락 물결이
코딱지꽃 잎 사이로 퍼져 나갔다
한나절 오솔길 걸어
담살이* 무덤가에 앉아서 먹었던
보리개떡 맛도 자줏빛이었다

오메 야물딱지게도 생겼다
시상에 요로코롬 암팡지고 이쁜 꽃이 있다니
눈에 넣어도 안 아프겄다
외가 마을 앞 둑길에 쪼그리고 앉아
옷고름으로 눈물 훔치던 울 엄니 눈가에도
어느새 자줏빛 코딱지꽃이 피었다

* '아이 머슴'의 전라도 사투리.

그 숲에 가면

내가 숲을 찾는 이유는
구겨지고 더럽혀진
내 영혼의 자투리
바람에 토렴하여 헹구고
나뭇가지 끝에 걸어
고슬고슬하게 말리기 위해서다
아주 작은 솔씨의 숨소리
들리지 않나요? 평화란 이런 거예요
나랑 느낌으로 얘기하는 거
노란 씀바귀꽃이 말을 걸어온다
숲 속에 누워 있으면
그리운 것들의 뿌리가 보인다
숲 속에 누워 있으면
미움도 그리움이 되고
외로움도 사랑이 된다

설토화

철쭉 지고 난 자리에
한 무더기 설토화 피었다
윤회가 토해낸 순백의 영혼일까
어제까지는 보이지 않았던 꽃
오늘은 왜 이리도 눈에 띌까
외롭다 서럽다 울어쌓던
소쩍새 소리도 목이 쉬었구나
일상에 지쳐 있는 나
산문 안으로 들어설 때
망설임으로 마주친 눈빛
어느새 내 마음 비집고 들어와
씨앗 되어 머금었으니
이다음에 비 내리고 나면
사랑의 싹 돋아날까
그때쯤이면
얼룩진 내 마음
정갈하게 헹궈낼 수 있을까

앵초꽃 필 때

사랑이 보인다
저만큼 어둠 속에서
등불 하나 밝혀 들고
또박또박 걸어오고 있다
단 한 번의 사랑 경험도 없는
내게로 예고도 없이
가슴 두드리며
순결한 몸짓으로 다가오고 있다
어느새 이슬 젖은 바람 속에 숨어
얼굴 붉히는 모습이 너무 슬프구나
눈 감으면 더욱 뚜렷하고
귀를 막아도 가슴 떨리는 그대
적막했던 시간들이
오늘은 무지갯빛으로 넘치고
작은 꽃잎 들추면
깊은 골짜기 속
또 하나의 세상이 보인다

감자꽃

해마다 5월이면 배가 고팠다
감자꽃 떨어지기를 기다리며
온종일 늘어지도록 잠을 잤다
감자 먹는 꿈을 꾸면서
감자꽃 같은 보랏빛 날개 달고
하늘로 끝없이 솟아올랐다
산다는 것은 배고픈 것
하루에도 여러 번 죽는 꿈을 꾸었다

양귀비

배가 아플 때마다 너를 생각한다
순덕이 할매 장삿날 돼지고기 포식하고
토사곽란으로 하늘 쥐어뜯다가
양귀비 꽃물 마시고 기적처럼 살아났다
산자락 고추밭 모퉁이에 몰래 핀
보랏빛 너를 보는 날 밤이면
어김없이 몽정을 했다
입대 전날 밤 동정을 쏟았던
자반고등어 같은 여자한테서도
너의 향기가 진동했다
곰삭은 여인의 살냄새 같은
네가 생각나면
지금도 나는 배가 아프다

참샘골 복수초

살다 보면 하루에도 몇 번씩
떠나고 싶을 때가 있다
동구 밖 느티나무처럼
비바람 속에서
하염없이 서서 기다려야 할 때
늙은 어머니
홀로 우는 모습을 훔쳐볼 때
나는 주저앉아
돌이 되고 싶었다
그때마다 나를 일으켜 세운 것은
눈 속에 피어난 복수초꽃이었다
찬 바람 속에서 햇살 톱질하며 피어난
노란 꽃이 나를 보고 웃을 때
슬그머니 다시 일어났다

산물매화

행여 누구인가 몰래 훔쳐볼세라
소나무 가지 꺾어 바람 속에 숨겨두고
혼자서 가슴 조이며 찾아왔다
가을 햇살에 별처럼 반짝이는
작고 고운 순백의 소녀여
사랑은 아끼는 것이라고 했던가
아무 데서나 너를 볼 수 없기에
차마 어루만질 수도
네 이름 부를 수도 없구나

상수리나무

누구를 기다리다
저리도 꼿꼿하게
온몸이 굳었을까
떠날 수도 없고
무릎 꿇을 수도 없어
흔들림으로 살아가는
너
길고 긴 꿈에서 깨어나지 못해
한 곳만을 바라보고 서 있구나

4부

그리움은 뒤에 있다

그리움

그리움이란
마음은 바스러져 꽃가루 되고
육신은 녹아내려 눈물 되는 것
깊은 산속 그늘에 핀
깽깽이꽃처럼
작은 꽃잎 쭈뼛거리며
새벽부터 한 줄기 봄 햇살을
애타게 기다리는 것

인연
−아내 유영례의 고희를 맞아

무엇이 우리를 맺어주고 있나요
전생 어느 낯선 모퉁이에서
우리 단 한 번이라도
스쳐 지나간 적 있나요
윤회의 뜨락 서성이다가
눈빛이라도 마주친 적 있나요
이슬과 햇살이 만나 꽃을 피우고
하늘과 땅 사이
두 줄기 강물 되어
흐르다가 멈추었나요
유성처럼 끝도 없이 떠돌다가
구름 딛고 떠내려왔나요
피안의 깊은 골짜기
억겁을 돌고 돌아
먹구름으로 맴돌다가
비바람 되어 내려왔나요
어느새 날이 저물었는데

이제 우리 어떻게 할까요
그대와 내가 꽃과 구름으로 만났다면
그대 아침에 이슬로 맺힐 수 있겠지요
이 세상 떠나는 마지막 그날
나란히 손잡고 두려움 없이
이승의 강 건널 수 있겠지요

사랑의 온도

사랑의 온도는 36.5도가 딱 좋다
너무 뜨거우면 그리움이 빨리 녹고
너무 차가우면 심장이 얼어붙으니까
사랑하기 좋은 온도는
사람의 정상 체온이 적당하다
몸과 마음이 난질난질해서
사랑하기에 딱 알맞기 때문이다
그러므로 사랑을 할 때는
함부로 온몸을 불태우거나
차갑게 얼어붙게 해서는 안 된다
뜨겁지도 차갑지도 않은
미지근한 온도
오랫동안 손잡고 마주 보고 있어도
돌아서고 싶지 않아야 한다

자운영꽃
− 손녀 지영이

우리 손녀 지영이 두 번째 생일날
따사로운 봄 햇살 손잡고
걸음마 배우러 들로 나갔다
배추흰나비 밭둑 위로 포르르 날아오르자
아장아장 따라가며 엄마 하고 소리치고
바람에 춤추는 민들레꽃 보고도
엄마 하고 소리치고
굴뚝새 보고도 엄마
개나리 보고도 엄마
처음 본 것은 무엇이든 엄마라고 불렀다
보랏빛 자운영꽃 같은 지영이에게는
이 세상 모든 것이 엄마였다
나비를 나비라고 부르고
민들레를 민들레라 부를 때쯤
아무리 험한 길이라도
혼자 뛰어갈 수 있겠지

낙화

서러운 눈물 뚝뚝 흘리며
땅을 붉게 물들였다
찬란했던 세월은
미망 속으로 흩어지고
눈부신 햇살에도
야위어만 가는 시간
이제부터 다시
긴긴 그리움은 시작되는데
슬픈 목 가다듬고
얼마를 더 기다려야 하는가

노란 새싹

아가야, 너 어디서 왔니?
바람의 자궁 속에 숨어 있었니?
푸른 세상 꿈꾸려고 왔니?
네가 희망이라는 거 아니?

12대 종손 우리 준철이

네 살배기 우리 12대 종손
생오지 왔다 간 후로
전화할 때마다
잠자리 잘 있어요?
메뚜기도 잘 있어요?
잠자리가 나 기다려요?
하고 다급하게 묻는다
할아버지보다
잠자리 안부가 더 궁금한 아이
그 마음 그대로 자란다면
나는 죽어 잠자리가 되어
네 곁을 맴돌리라

봄비

봄비 내리는 아침이면
그대에게 전화하고 싶다
촉촉하게 낮은 목소리로
오랜 세월 가슴에 묻어온
슬픈 비밀의 꽃씨 한 알
토옥 터뜨리고 싶다
매화 향기 꽃봉투에 담아
특급 우편으로 부치고 싶다
봄비 내리는 아침이면
그대 꿈속으로
흥건히 젖어들고 싶다
그리움의 빗장 풀고
찬란한 시간 속으로
몰래 숨어들고 싶다
더러워진 몸 칼칼하게 씻고
한 뼘이라도 더 가까이
그대 곁으로 다가가고 싶다
봄비 내리는 아침이면

바다에 서면

바다에 서면
온몸을 불사르고 싶다
사랑하는 이의 이름을
소리쳐 부르고 싶다
바다에 서면
시퍼렇게 멍든 가슴에
돌 마구 던지고 싶다
바다에 서면

배꽃 구경

부처님 오신 날
당신이 보고 싶어
나주로 배꽃 구경을 갔네
나는 언덕에 누워
꽃 같은 시절
당신을 생각했네
4월의 배꽃은 떨어지고
황사만 불어와
복사꽃 같은 기침만 토했네

첫날밤

분홍빛 커튼 몰래 내리고
그리움의 촛불 하나 밝혔네
옥양목 새하얀 베갯잇 모서리에
눈물 같은 외로움 떨군 채
그대 오기를 기다리네
황톳빛 붉은 가슴 물어뜯으며
눈부신 동침 꿈꾸다가
민들레 홀씨 하나 간직하고
새벽 단꿈 준비했네
바람 잠들기를 기다리며

호수에서

누구였을까
기억의 갈피 더듬으며
물속 들여다보니
호수가 나를 보고
너 누구냐고 묻는다
나는 어느덧 호수가 되었다
가물가물
흩어지는 얼굴들
우리가 언제쯤 만났던가
시간은 저만큼 도망쳤는데

세상이 나를 가르친다

그리움일랑 허공에 묻고 살라고
세상이 나를 가르친다
그리움을 마음에 심고 키우면
너무 슬퍼서 살아갈 수 없다고
가르친다
때로는 그리움보다 미움으로
사랑을 이길 수 있다고
세상이 나를 가르친다
미움은 때로 희망이 될 수 있지만
그리움은 절망이 될 수 있기에

사랑

사랑은 시작과 끝이
함께 있을 뿐이다
설렘으로 시작하여
아픔으로 끝나는
길고도 짧은 이야기

5부
길을 걸으며

내 희망은

고교 시절 내 희망은
무지개였다
일곱 가지 색깔로
초라함 감추고 싶었다
쟁기질 끝낸 아버지
무릎 꿇어앉히고
왜 시를 쓰느냐고 물었다
무지개가 있는 세상에서
살고 싶어서요
내 말 알아듣지 못한 아버지
문 박차고 나간 후로
아직 돌아오지 않고 있다

길을 걸으며

낯선 길 혼자서 터덜터덜 걷는다
메마른 눈물 같은 늦가을 오후
낙엽들은 제 무게로 스스로 가라앉고
햇살마저 서글픈데
바람 손잡고 흐르다 보면
문득 걸음 멈추고 뒤돌아보게 된다
고뇌의 다리 지나고
통한의 긴 강 건너
죽음 만나러 가는 구도의 나날들
나는 오늘도
시간 속의 시간을 헤매고 있구나
길 위에는 아무도 없다
넘어지지 않으려고
땅에 버티고 서 있건만
마음은 허공에 매달려 있다
이 길 끊기면
다시 돌아갈 수 있을까

등 뒤의 그리움 잊을 수 있을까
새소리 물소리 점점 멀어지는데
길은 어디쯤에서 끝나는가

내가 걸어온 길

누가 내 발자국 밟고
따라올까 두렵다
나는 갈지자걸음에다
삐뚤빼뚤 보폭도 짧거니와
단 한 번도 자신만만하게
달려본 적이 없다
때로는 멈칫거리고
무릎 꿇고 싶었거나
돌아가고 싶을 때가 더 많았다
오직 살아남기 위해
조마조마 마음 졸이며
뒤따라왔을 뿐이다
여기까지 올 수 있었던 것은
가난했던 어머니의
질긴 사랑 때문이다

홀로 집에 남아

적막한 여름 한낮 홀로 집을 지키다
창밖으로 희끔 사람 그림자 스쳐
맨발로 마당으로 뛰어나가 보니
흰 배추나비 한 마리 날고 있다
꽃 떨어진 목련나무 푸른 잎 사이로
그동안 누가 왔다 갔을까
게으른 기지개 늘어지게 켜며
하늘을 향해 후우 한숨 내뿜자
양털구름 한 무리 깜짝 놀라
무등산으로 줄달음친다

요산 선생님

요산 선생님 만나러 가는 길
광주에서 부산까지 고속버스로 4시간 30분
승객들 휴대폰 목소리에
전라도와 경상도 사투리 뒤엉키고
북한 핵실험 TV 토론 프로그램에서는
잘난 교수들 표준어가 왕왕거리는 가을 한낮
머릿속은 어지럽기만 했다

범일동 크라운 호텔 앞 네거리에는
요산문학제 플래카드만 바람에 몸부림칠 뿐
선생님은 그림자도 보이지 않았다
해 질 무렵 사하촌에 가보았더니
요산 선생님의 짱짱한 목소리가
황혼 속에 아직 붉게 타오르고 있었다

누룽지를 먹으며

얼마나 가슴이 탔으면
이토록 바싹 눌어붙었을까
감나무에서 떨어져 다쳤을 때
첫 직장에서 잘렸을 때
어머니 가슴도 누룽지가 되셨겠지
내가 첫사랑 잃고 앓아누웠을 때
어머니는 누룽지를 끓여주셨지
그 맛이 고소해서 슬픔을 삼켰지
어머니 속내 헤아리지 못하고
누룽지 맛을 알 수 없듯이
가슴 태우며 사랑해보지 않은 사람이
눈물로 탄 맛을 어이 알 수 있을까

내가 꿈을 꾸는 이유

내가 꿈을 꾸는 이유는
메마른 땅에 꽃씨 한 톨 뿌려
벌 나비 오기를 기다리는 것
내가 꿈을 꾸는 이유는
사금파리처럼 조각난 내 마음
몽글몽글한 꽃가루가 되는 것
내가 꿈을 꾸는 이유는
놀라워 가슴 뛰게 하는
단 한 번의 기적을 만나는 것
내가 꿈을 꾸는 이유는
종이배 접어 강물에 띄우고
미망의 세계로 흘러가는 것

쓰레기를 태우며

눈 내리는 날 쓰레기를 태웠다
불길이 철쭉 꽃잎처럼 하늘로 솟았다
더러운 쓰레기는 바람 타고
깨끗한 하늘로 날아갔다
똥 묻은 화장지
코 묻은 휴지
읽고 버린 뉴스 쪼가리
기름진 음식물 포장지
버려진 것들도 최후에는 날개 없이도
완전연소되어 하늘로 날아오르는구나
아, 세상에서 버림받은 사람일지라도
생의 마지막에는 한 번쯤 후회 없이
온몸 불태우고 날아오를 수 있겠구나

밤에 내리는 눈을 보며

나비 떼들 나풀대는 모습 보인다
보이지 않는
천상의 어느 모퉁이에서
천수관음千手觀音 춤을 추며
술 취한 듯
구름 타고
내려오는 모습 보인다

자박자박 발자국 소리 들린다
들리지 않는
아득히 먼 곳으로부터
나지막이
언 가슴 두드리며
어둠 밟고
다가오는 소리 들린다

늙은 면도사

장터 이발소 늙은 아줌마 면도사
손끝에서 마늘 냄새가 맵다
면도날 세워 들고
닭발 같은 손가락으로
내 입술 꼭꼭 누를 때
울컥 눈물이 나오려고 했다
어머니 눈물 같은
마늘 냄새 때문일까
얼굴에 싸구려 크림을 바를 때
까칠한 면도사 손이 따뜻했다
어머니의 손끝이 그립다

소쇄원

세상이 그대를 외면하거든
양산보 처사의 발길 따라
소쇄원으로 오라
식영정 늙은 소나무 향기 뒤로하고
가사문학관 지나
성산 끝자락 실개울 따라 들어서면
소쇄한 대 바람 소리
외로움 하늘 높이 날려 보내고
오곡문 굽이도는 물에
구겨진 마음 칼칼하게 헹군 다음
광풍각 마루에 앉아 있으면
허기진 삶 부질없이 가라앉고
배롱꽃 살구꽃 바람 타고
멀어진 사랑
봉황새 되어 다시 날아오리

청죽을 보며

삶의 무게에 눌려
하루에도 몇 번씩
주저앉고 싶을 때
너를 바라보고 있으면
빛바랜 마음이 푸르러진다

끝없는 욕망으로
곧고 푸름을 지탱해온
너를 바라보고 있으면
한없이 한없이 낮아지는
나를 다시 보게 된다

시인의 죽음
– 이성부를 그리며

시인은 죽지 않는다
시에서 태어나
시로 돌아갈 뿐이다
아쉬움과 그리움 속에서
태양은 뜨고 지며
꽃들은 피고 지고
시간이 이승의 한복판을
강물처럼 흐르듯
시인은 이승과 저승 사이
어느 낯선 모퉁이에서
별과 꽃으로 머물다가
강물 위에 부서지는
햇살이 될 뿐이다

소나무

심장에서 푸른 바람이 분다
구부러진 가지 끝에
시간을 묶어두고 서 있는
소나무는 홀로 있을수록
시인처럼 푸르고 싱그럽다

생솔가지를 태워보고 싶다
뾰쪽뾰쪽한 냄새와
뭉땅뭉땅 매운 연기
소나무를 보고 있으면
죽어서 더욱 푸른
독립군 생각이 난다

흙

뒷동산 흙구덩이 백토는
불을 만나 백자 화병이 되고
앞마당 화단의 옥토는
태양을 만나 붉은 장미 피우고
강 건너 산자락 박토는
비를 만나 수수 알갱이 살찌우고
흙 같은 촌놈은
과수원집 큰애기 만나
잘난 척하는 소설가가 되어
비 오는 날 빈방에 한갓지게 앉아
늙은 아내가 부쳐준 수수부꾸미 먹다가
흙 속에서 잠자는 단꿈을 꾸네

내소사에서

가을 산사에 가면
낙엽도 부처가 된다
바람은 무릎 꿇고 설법하고
국화 향기 법당에 스며
자비향으로 타오른다
갈색 장삼 스님께 합장하고
잠시 설선다원에 들러
입안의 묵은 때 헹구고 나오니
노스님은 오간 데 없고
천년 된 느티나무 한 그루
그림자 밟고 외롭게 서 있다

사랑만은 남는다

이별의 긴 시간 흐르고
빛나던 기억의 둑 무너져도
마지막 남는 것은 사랑이다
사랑은 사랑으로 타협하지 않고
온몸으로 받아들이기 때문이다
머리로, 가슴으로, 팔과 다리
눈과 귀, 뼈와 피와 살로
하나 되기 때문이다
타오르는 증오도
마지막 재가 되면
한 움큼 사랑으로 남는다
강물이 마르고
세상이 얼어붙고
우리가 죽어가는 이 순간에도
사랑만은 흔적으로 남는다
사랑을 소멸시킬 수 있는 것은
오직 사랑뿐이다

기쁨과 눈물이 사라지고
흔적과 소리가 사라지고
희망과 용기가 사라져도
사랑은 끝까지 남는다
이 세상 끝날 때까지 남아서
별과 꽃으로 다시 피어난다

흐름

흐름은 숨 고르기
만남과 이별의 끝없는 윤회
되돌아올 수 없는 마지막 몸짓이다
흐름은 사라지는 것이 아니라
보이지 않는 곳으로 스며드는 것이다
흐르는 것은 강물만이 아니다
나는 시간 속으로 흐르고
너는 시간 밖으로 흘러
먼 훗날 꽃과 바람으로 만난다
강물이 흐르는 것은
비어 있는 것을 채우고
높고 낮음 없애
마주 보고 속삭이기 위한 것
아무도 흐름을 막을 수는 없다
깊이 뿌리 내려도 흐르고
붙잡고 발버둥 쳐도 흐른다

어머니와 고향 회귀본능

송수권 **시인 · 한국풍류문화연구소장 · 전 순천대 문창과 교수**

1

　포도주와 친구는 오래될수록 좋다고 한다. 오랜 친구로서 그의 시집에 우정을 덧칠하는 붓을 든다. 문순태는 어디에 있는가? 그는 "나 생오지에 있다"라고 대답한다. 그는 광주 고등학교의 창창한 문맥을 이끌고 있는 현역 작가요, 시인이다. 고2 때부터 《학원》지에 시를 발표했고, 전국고교백일장(경복궁)에 참가하여 두각을 나타냈고, 또 서라벌예술대학 주최 전국고교학생문예작품에 시 당선, 고3 때는 〈광주일보〉 전신인 〈전남일보〉 신춘문예에 시 입선, 같은 해 〈전남매일〉 전신인 〈농촌증보〉 신춘문예에 소설 「소나기」가 당선되기도

했다.

본격적인 문학의 길로 들어선 것은 전남대 철학과 2년을 마치고 김현승 선생님을 따라 숭실대 기독교철학과로 편입해서 숭대문학상 시 당선, 대학 4년(1965) 때《현대문학》지에 시「천재들」이 추천(김현승)되면서부터였다. 이후 전남매일신문사에 입사해 10년 동안 시 창작을 포기했고, 드디어 1974년《한국문학》지 신인상에 소설「백제의 미소」가 당선되어 지금까지 줄기찬 작품 활동을 전개해왔다. 때문에 시인으로서가 아니라 작가로서 세상은 그를 더 기억하고 있다.

『생오지에 누워』에 실린 시들은 소설가가 된 후로 틈틈이 써놓은 것들 중 일부이고 2006년 광주대학교 문창과를 정년하고 생오지에 들어온 후에 주로 쓴 작품들이다. '생오지'는 어디에 있는가?

누가 나 찾거든
생오지에 있다고 전해라
무등산 뒷자락 오금탱이
버스도 오지 않는 후미진 골짜기
질경이 뿌리처럼 납작하게
엎드려 깔딱거리고 있다고 전해라
질투와 욕심으로 부푼 헛배

새벽 공기로 채우며

박새와 벗이 되었다고 전해라

누가 나 기다리거든

다시 돌아갈 수 없다고 전해라

머리를 하얗게 비우고 나니

동서남북조차 분간 못 하고

길도 찾을 수 없어

그냥 부엉이처럼 부엉부엉 산다고 전해라

허명으로 얼룩진 내 이름

잊어달라고 전해라

　　　　　　　　－「나 생오지에 있다」 전문

　생오지는 "무등산 뒷자락 오금탱이 / 버스도 오지 않는 후미진 골짜기"에 있다. 그는 이 골짜기를 "무등산 새끼발가락 언저리" "고단한 내 영혼 쉴 만한 곳"(「생오지에 와서」)이라고 말하고, 또 시 「생오지에 누워」에서는 "적멸궁寂滅宮"이라고 말한다. 그는 2006년 학교를 정년하고 이곳에 들어와 문순태 문예대학 생오지문예창작촌을 개설하고 후학을 기르며 다음과 같이 술회하고 있다. 그렇다면 생오지는 어떤 곳인가?

오랜 세월 먼 길 돌고 돌아

헐벗은 마음 여미고 나 여기 왔다

몇 해 만인가

이제야 귀천의 길 찾았구나

무등산 새끼발가락 언저리

깊고 푸른 품에 꼭 안겼으니

고단한 내 영혼 쉴 만한 곳 아닌가

나무들과 함께 깨어나고

풀잎 속에 은둔하듯 누워서

바람 부는 대로 흔들리다가

흔들리다가 잠들고 싶은 곳

이제 강물 타오를 때까지

유년의 나를 기다리겠네

ㅡ「생오지에 와서」 전문

『장자』에서 오지는 "북극의 사람이 살지 않는 땅"으로 나와 있지만 이곳의 生오지는 사람이 안식할 수 있는 자연환경의 나무와 숲의 골짜기다. 생오지에서 2km쯤 가면 그의 고향 구산리가 나온다. 구산리 또한 그대로 아홉 산이 있는 깊은 골짜기 동네다. 호를 '구산九山'으로 할까 '생오지'로 할까 그는 지금 고민 중이다. 원래는 마을 이름이 거북 구龜를 써서 '龜山'이었는데 면 호적계에서 거북 구가 어려운 글자라서 '九山'으로 썼다고 우스갯소리를 한다. 어쨌든 그는 "오랜 세월 먼 길 돌고 돌아"와 "이제야 귀천의 길"을 찾은 셈이다. 생오지는 소쇄원에서 그리 멀지 않다. 정자골에 있는 소쇄원은 남도 풍류 1번지로서 처處와 출出, 즉 출처가 분명한 곳이다. 처處는 본本이요, 출出은 말末이다. 그래서 출처가 분명하지 않은 것을 본말本末이 전도되었다고 한다. 이 본말, 즉 출처는 선비들이 짊어져야 하는 의리요, 명분이다. 이곳에서 무등산 자락을 타고 남면에서 화순으로 넘어가면 원적벽과 물염物染적벽의 풍류 현장으로 이어진다. 이 두 곳이 다 남도 문학의 산실인데, 생오지는 이 중간쯤에 있는 구중궁궐과 같은 곳이다. '물염'이라는 말은 바로 탁기에 젖지 않는다는 뜻을 지녔다.

여기에 바로 문순태가 열어놓은 '생오지문예창작촌'이 있다. 금년부터 새로 개설된 시창작반을 내가 맡고 있어 내심 겁이 나기도 한다. 왜냐면 문풍文風인 정자골의 풍류와 학풍學風인 서원 문화가 서인과 동인의 정면충돌로 오점을 찍은 역사를 떠올리면 등골이 오싹해질 때가 있기 때문이다. 그것은 기축옥 사건으로서 선비들 천여 명이 희생되었다는 기록을 읽으면 오늘의 광주민주화운동에 버금가는 사건으로 해석된다.

이런 점에서 보면 한때 출出이 잘못된 적도 있었다고 느낄 때가 있다. 노래는 하늘에서 나와 땅에 깃들고 그 품격은 사람에 의해서 완성된다고 한다. 기회 있을 때마다 생오지 문예대학은 부끄럽지 않은 '제2의 남도 문학 산실'이 되어야 한다고 역설하지만 사실은 두려워진다. 문학과 풍류에도 청기淸氣와 탁기濁氣가 있고 수용과 배제의 원리가 있어 이를 훈육해야 하기 때문이다. 문순태는 암묵적으로 이 사실을 알고나 있다는 듯이 「토끼봉 숲 속에서」에서 다음과 같이 노래한다.

뿌리가 있는 것들은 서로 짓밟거나 / 할퀴고 떠밀어내는 일이 없다 / 등 기대고 휘감고 얽히고설키고 껴안으며 / 한평생 마주 보고 속삭이며 살아간다 / 단풍 든 산벚꽃나무 등에 아기처럼 업힌 층층나무 / 하늘 보고 푸른 꿈 꾸며 잠들어 있을 때 / 까까머리 동자승 같은 도토리 / 눈부신 가을 햇살 속에 또르르 구르며 재주넘고 / 다람쥐 한 마리 소나무 오르내리며 엿보고 있다 (후략)

이는 은일자적하는 시처럼 보이지만 나는 그렇게 해석하지 않는다. 이 원림의 공간에서 다람쥐 한 마리처럼 엿보고 있는 대상은 시인 자신으로, 수용과 배제의 원리로 푸른 꿈

을 꾸고 있는 것이 아닌가 묻고 싶은 것이다. 그것이 소설
「징소리」연작이며「타오르는 강」이거나 현대사의 잔혹을 다
룬「철쭉제」같은 소설이 아닌가를 묻고 싶은 것이다. 이 상
생 관계를 『노자』1장에서는 천지불인天地不仁이라 했지만
작가 또한 이 불인의 관계에서 결코 자유로울 수 없기 때문
이다. 한 시인이나 작가는 한 시대의 바람이 어디서 오는가
를 알려주고 날이 어떻게 새는가를 알려주는 예언의 기능을
짊어지고 있기 때문이다.

이 서슬 퍼런 고요
여기가 적멸궁寂滅宮인가
―「생오지에 누워」부분

그의 문학적 고민은 바로 여기에 있지 않을까 싶다. 왜냐
하면 40년을 관통해온 문학 인생이 여기에서 마지막 들꽃이
나 산꽃으로 빛을 발해야 하기 때문이다. 언덕에 핀 꽃은 아
침 이슬 속에 보아야 아름답고 산기슭에 핀 꽃은 저녁노을
속에 보아야 더욱 아름답다고 하지 않던가. 다시 말하면 하
늘에는 바람(그는 시에서 산골의 바람을 진양조라고 말한 바 있
다), 땅에는 물이 흘러야 한다. 이 가운데 사람이 들어가면
선비요, 풍류인이다. '제2의 남도 문학 산실'에서 나는 문순

태의 시와 소설이 한 시대를 뛰어넘어 영원한 우정으로서 아침에는 꽃을 보고 저녁에는 달을 볼 수 있었으면 하는 것이다.

2

시집 『생오지에 누워』는 제1부 '어머니의 향기', 제2부 '생오지에서', 제3부 '무등을 보며', 제4부 '그리움은 뒤에 있다', 제5부 '길을 걸으며'로 짜여 있다. 위에서 언술한 작품들은 대부분 1부 '어머니의 향기'에 들어 있는 시들로 그 문학의 지형학적 위치를 충분히 가늠해볼 수 있는 시편들이다. 40년 문학 인생에서 그의 삶은 고향 언저리를 크게 벗어나 본 적이 없는 것으로 기억된다.

무등산과 광주, 영산강이 그 중심축에 들어 있지 않나 싶다. 한마디로 이를 요약한다면 자크 아탈리가 말한 모성 회귀본능의 '환상방황環狀彷徨'이 아닌가 싶다. 그는 nomad(신유목민) 이론에서 유목민의 역사는 바람에 날아가고 정착민의 역사는 종이에 기록된다고 쓰고 있다. 그의 작품들 속에 나타난 인물들은 유랑 의식이 아닌 보수 전통 토착민으로서 이 땅의 흙 속에 뿌리를 깊이 박고 있다는 사실이다.

이 흙의 가슴속에 바로 어머니가 있다. 어머니는 모천회귀성의 원형적 이미지며, 이 이미지는 시뿐만 아니라 그의 소설 전반에 뿌리를 내리고 있음을 본다. 그러므로 시나 소설이 길항을 이루며 그 근저에 어머니가 살아 숨 쉬고 있다. 이번 시집 『생오지에 누워』는 바로 '어머니의 연가'이며 사모곡이다. 또는 고향의 연가라고도 할 수 있을 것 같다. 이는 그의 문학의 모태며 자궁일 것이다. 2005년도 이상문학상 수상집에 올라와 있는 「늙은 어머니의 향기」를 주의 깊게 읽은 적이 있는데 이번 처음으로 낸 그의 시집 『생오지에 누워』에 있는 '어머니의 향기'는 그 소설에서 한 치 반 치도 벗어나지 않는다는 것을 재확인한 셈이다. 그는 그만큼 보수 전통 의식에 뿌리가 깊은 작가다. 새끼내 사람들이나 수몰민의 이야기들은 한마디로 이를 반증한다고 볼 수 있다. 뿌리를 잃은 사람들은 개떡 같은 한恨을 짊어진 그의 소설이나 시에서 즐겨 다루어지는 인식소, 즉 키워드로 모티브를 형성하고 있기 때문이다. 이의 드라마틱한 텐션tension이 시에서도 그대로 실현되고 있다.

내 유년의 초록빛 하늘에
개떡 하나 둥둥 떠 있다
배고파 눈 질끈 감으면

개떡 같은 보름달이
눈꺼풀에 무겁게 내려앉았다
내 희망은 개떡이었다
어머니
어릴 적에 맛나게 먹었던
보름달 개떡
어디에 숨겼어요
쫄깃쫄깃 들큼한 희망의 맛
저승길 떠나기 전에
돌려주고 가세요
　―「어머니의 개떡」 전문

　현실적으로는 생오지 마당에서나 쳐다보았음 직한 보름달
이다. 산골에 뜬 달은 얼마나 유정한 것이던가. 아날로지(유
추)에서 보름달(T)이 어머니의 개떡(V)에 비유되어 있다.
"어디에 숨겼어요 / 쫄깃쫄깃 들큼한 희망의 맛 / 저승길 떠
나기 전에 / 돌려주고 가세요".
　「어머니의 개떡」에서 보는바 이는 우리 민족의 개떡 같은
한恨인바 이 한이 천윤리天倫理의 덕목으로 수용될 때 그것
으로 생기는 피는 남도의 즉흥적 풍류와 가락이 되며 그 표
현기법은 덤벙기법, 즉 허튼가락이 된다. 바로 이 허튼가락

이 곧 남도인의 기질로 수용된다. 송순의 시조 "십 년을 경영하여……"는 청기요, 정송강의 「장진주사」는 술 노래로서 탁기로 나타난다. 청기는 '검약과 절제의 선풍'인 남도의 풍류맥이 될 수 있지만 탁기는 수용의 원리가 아니라 배제의 원리가 된다. 따라서 이 청기, 곧 '검약과 절제의 선풍'이 파토스적 측면에서 겨레의 심성인 '멋과 한'의 가락으로 나타나며 로고스적 측면에선 역사를 극복하고 추동시키는 힘(해학과 풍자)으로 나타난다. 「어머니의 개떡」이 한을 주제로 깔면서 이 작품에선 즉흥적인 시, 풍자와 해학의 힘이 넘치는 시인의 뚝심임을 엿볼 수 있다. 따라서 문순태의 시와 소설 「어머니의 개떡」과 「징소리」는 이의 단적인 좋은 예라 할 것이다. 징 소리만 하더라도 좌도 농악에서 보면 그것은 한없이 휘늘어진 가락이며 버꾸나 꽹과리, 장구 소리 등의 단박한 음을 한 치마폭에 싸안아 땅을 메다치는 땅 울음이 된다. 정선 아리랑이 목을 흔들어 내는 요들송 같은 것이라면 진도 아리랑은 땅을 밟아 내는 배 소리인 통성이요, 수리성이 된다. 남도 판소리의 비밀이나 남도 가락인 덤벙기법의 비밀이 바로 여기에 숨어 있다.

늙어서 돈이 많아도 걱정이어라우
가진 것 없으니 욕심도 안 생겨 맘 편허당께요

―「김천석 씨」 부분

　위의 시에 나타난 '걱정이어라우'나 '맘 편허당께요'의 종
지 어법은 남도 말가락의 표준말이다. 어떤 말에 이 '어라우'
나 '당께요'가 덧칠해지면 그것은 오지게도 휘늘어진 말가락
이 되고 이 말가락 자체가 노래가 된다. 이것을 '구슬리는 말
법' 또는 '눙치는 가락'이라 한다. 전라도 말가락은 '그늘(게
미)'이 있는 것은 바로 이 때문이다.

　위의 시에 나오는 '개떡 같은 달'은 지금은 생오지 앞마당
에 뜨는 달이겠지만 이 시가 쓰인 배경으로 보아 어머니가
아파 누웠을 때 병상을 빠져나와 쳐다본 달일 듯하다. 보름
달이 개떡으로 보이다니! 실은 그 개떡이 먼저 어머니 얼굴
로 픽업됐을 듯하다. 보름달과 개떡 그리고 어머니 얼굴과의
거리는 시인의 의식 속에서 귀소본능으로 자기동일성을 회
복하고 있다. 비행기로 한 죄수를 실어다 사하라 사막의 한
복판에 내려놓고 공중을 떠돌며 그 죄수를 관찰했다. 살기
위해 사막을 탈출하기로 작심한 그 죄수는 끊임없이 앞으로
나아갔지만 아무리 걸어도 사막을 벗어나지 못했다. 그는 중
심축에서 반경 4km 밖을 나가지 못하고 다람쥐 쳇바퀴 돌듯
이 그 안에서만 맴돌았던 것이다. 이것이 자크 아탈리가 말
한 환상방황環狀彷徨이다. 시인의 의식 속에 어머니와 고향

136

회귀본능이 없었다면 이번 시집은 쓰이지도 않았을 것이다. 이는 단순한 귀거래사가 아니다.

이 시집 전체에서 도시 이미지는 한 군데도 찾아볼 수가 없다. 그렇기에 우리 남도 산하에 가득 물들어 있는 식물성의 이미지 꽃들로 가득하다. 복수초꽃, 양귀비꽃, 깽깽이꽃, 감자꽃, 씀바귀꽃 등 모두가 우리 산천 숲 속에 피는 꽃들이고 시인이 주로 생오지 숲 속에서 만난 꽃들이다. 이 꽃들이 어우러진 숲 속이 바로 생오지문예창작촌이다. 아카데미란 말은 원래 숲 속에서 소크라테스가 제자들 앞에서 대화한 '숲 속 학교'란 뜻을 지녔다.

태풍 몰아치고
창문이 떨어져 나갔어도
어머니 냄새는 사라지지 않았다
방을 쓸고 닦고
허브 향초 불 밝히고
비싼 향수 칙칙 뿌려댔지만
어머니 냄새는 더욱 강하게
핏줄 속으로 찐득하게 파고들었다
어머니 냄새는 이제
벽과 천장, 방바닥과 거실 소파

장롱이며 괘종시계, 컴퓨터에까지

끈끈하게 달라붙어

떨어지지 않는다

이 불효막심헌 범파니 같은 놈

그거는 이 에미가

늬놈 키우느라고 고단하게 살아온

쓰디쓴 세월의 냄새인 겨

꿈속에서 어머니의 일갈에

나는 번쩍 잠에서 깨어났다

아, 그렇구나

그것은 어머니의 삶의 더께

8월의 찔레꽃 향기

마지막 내뿜는 거친 숨소리

　―「삶의 더께」 전문

　어머니의 냄새는 곧 향기다. 「어머니의 개떡」이 시각 이미지에 의해 쓰였다면 이 시는 사냥개 코 같은 시인의 후각 이미지로 쓰였다. "늬놈 키우느라고 고단하게 살아온 / 쓰디쓴 세월의 냄새인"것이다. 시인은 어머니가 없는 방 속, 꿈속에서도 이 냄새를 맡고 있다. 시각 이미지는 교육에 의해 길들여진 후천적 감각이지만 후각 이미지는 본능적 감각으로 시

138

에서는 원형 이미지로 처리된다. 진돗개 한 마리가 천 리 밖에서도 집을 찾아가는 것은 시각이 아니라 예민한 코에 의한 후각 때문이란 것은 이미 밝혀진 사실이다. 어머니의 삶의 더께에서 묻어나는 냄새가 느껴지는, 이상문학상 특별상 수상작으로 선정되었던 그 소설 「늙은 어머니의 향기」가 바로 이 시였구나! 하고 다시금 놀라지 않을 수 없다. 그 어머니는 시인이 지금도 기다리고 있는 바로 "쑥부쟁이꽃" 같은 모습으로 생기발랄하게 피고 있다. 또는 아흔일곱 해나 발효된 청국장 냄새 같은 것이다.

어머니를 생각하면
청국장 냄새가 난다
그것은
아흔일곱 해 동안
깊은 항아리 속 같은
세월의 밑바닥에 가라앉은
쓰디쓴 삶의 발효
사무치게 보고 싶은 오늘
그 향기 더욱 푸르고
빛이 바랠수록 그립다
―「어머니의 향기」 전문

내 딸아, 농사짓는 연장에 쇠꽃 피면
집안 망헌단 말 못 들었냐?
장모님은 호미 날 번쩍번쩍 세우고
오 남매 키우던 그 시절 그리워하며
녹슨 외로움 벗겨내고 계셨다
―「장모님의 호미」 부분

여기에선 어머니의 삶이나 장모님의 삶의 이미지가 동일성 이미지로 처리되어 있다. 땅을 건사하는 연장(호미)이야말로 농부들의 끈질긴 근성이며 최후 수단이 되는 마지노선이기 때문이다. 여기서 농부가 죽을 때 오쟁이 씻나락 까먹고 죽는 법이 있더냐고 질문이 가능해진다. 그것이 대하 장편 「타오르는 강」이기도 하다. 이것이 전라도의 끈질긴 정신이며 역사를 이룬다. 문순태의 소설과 시가 바로 이 정신에 귀속된다. 이 정신은 곧 물둑(안땅)의 정신이며 개땅쇠의 삶이며 황토, 대竹 뻘의 정신 중 황토의 정신에 해당된다. 그러므로 이번 시집 『생오지에 누워』는 결코 「귀거래사」의 공간에서 벌어지는 회고적이거나 복고적 취미로 이해되어서는 안 된다는 점을 분명히 명기한다. 그런 의미에서 생오지 창작촌에서 집단을 이루며 시인과 더불어 살고 있는 김천석金千石 씨를 표본적 인물로 내세우며 이 글을 끝맺고자 한다. 시 속의 캐릭터 김천석은 누에를 치며 무욕의 삶을 그대로 실천해 온 인물이다. 누에는 뽕잎을 먹고 살지만 누에가 토해내는 것은 뽕잎이 아니라 비단실이다. 김천석 씨와 더불어 사는 이 공간 속에서 수용과 배제의 원리인 출처出處를 분명히 하면서 항룡후회亢龍後悔란 말이 필요 없이 문학 인생 40년을 최고 득음의 경지로 누벼온 벗의 삶이 더욱 풍성해지기를 우정으로 가볍게 덧칠해본다.

金千石
천석꾼 부자 되라고
할아버지가 지어준 이름인데
땅 한 뙈기도 없다
평생 흙 파서 자식들 빈 배 채워주고 나니
허물 같은 껍데기만 오롯이 남았구나
늙어서 돈이 많아도 걱정이어라우
가진 것 없으니 욕심도 안 생겨 맘 편허당께요
누에를 기르면서 해맑은 누에를 닮아가는 사람
누에가 푸른 뽕잎 먹고 명주실을 남기듯
참새같이 먹고 신선같이 살면서
나를 가르친다
오늘도 김천석 씨는 늙은 아내 손잡고

바람 부는 들길 따라 꽃구경 간다

―「김천석 씨」 전문